LOUIS CHALMETON

OFFICIER D'ACADÉMIE

De la Société des Gens de Lettres, membre de l'Académie de Clermont, etc.

—

A MOLIÈRE

255e ANNIVERSAIRE DE SA NAISSANCE

Vers dits au théâtre de Clermont par M. E. DELAUNAY

CLERMONT-FERRAND

DUCROS-PARIS, LIBRAIRE-ÉDITEUR

(Successeur Mlle J. COLLAY)

Rue St-Genès, 5

1877

Y

A MOLIÈRE

OUVRAGES DE L'AUTEUR.

POÉSIES.

Heures de Loisir . . . . vol. in-18.
Isolements . . . . vol. in-18.
La Mission du Poète . . . . br. in-18.
Pages d'histoire }
Strophes et Sonnets } . . . . br. in-18.
A ceux qui ont renié leur mère . . . . br. in-18.
La Revanche . . . . br. in-18.
Pensées et Sourires . . . . vol. in-18.
Bibliographie . . . . br. in-18.
Le Puy de Dôme en 1875 . . . . br. in-18.
La Mort, c'est la Vie . . . . br. in-18.
A Molière ! . . . . br. in-18.

THÉATRE.

Une bonne Fortune . . . . com. en 2 act., vers.
Entre Mari et Femme . . . . bluette, 2 act., vers.
La Carte de visite . . . . com. en 3 act., vers.
Une Ruse de Femme . . . . com. en 1 acte, vers.
Qui se ressemble s'assemble . . . . prov. en 1 acte, vers.
Il ne faut jamais dire fontaine . . . . . . prov. en 1 acte, vers.
Pour et contre . . . . prol. en 1 acte, vers.
Il ne faut pas courir deux... veuves à la fois. prov. en 1 acte, vers.

PROSE.

De l'Unité économique et politique en Europe . . . . br. in-18.

LOUIS CHALMETON

OFFICIER D'ACADÉMIE

De la Société des Gens de Lettres, membre de l'Académie de Clermont, etc.

A MOLIÈRE

255e ANNIVERSAIRE DE SA NAISSANCE

Vers dits au théâtre de Clermont par M. E. DELAUNAY

CLERMONT-FERRAND

DUCROS - PARIS, LIBRAIRE - ÉDITEUR

(Successeur Mlle J. COLLAY)

Rue St-Genès, 5

1877

A Edmond Delaunay

Homme de cœur et Artiste de talent

DIRECTEUR DU THÉATRE DE CLERMONT

Affectueux hommage de l'Auteur,

A MOLIÈRE

O grand comédien ! ô Molière ! ô mon maître !
Toi , dont le buste est là , de nos cœurs entouré ,
Poète ! à pareil jour, le ciel te faisait naître ,
Et ce beau jour nous est un jour trois fois sacré !

Quinze janvier ! jamais plus magnifique aurore,
Aux amis du grand art jamais chiffre plus doux,
Date sainte ! à Clermont, nous te fêtons encore,
Ton souvenir, ici, nous donne rendez-vous !

Groupés avec respect autour de cette image ;
Nous disons à celui qu'elle montre à nos yeux :
Homme, à toi notre amour; maître, à toi notre hommage!
Les descendants sont fiers devant leurs grands aïeux.

La France consolée et calme se rappelle !
Son cœur bat aujourd'hui d'un autre battement ;
Elle semble oublier sa blessure cruelle,
Pour ne penser qu'à toi, son grand rayonnement !

A toi, qui d'une plume acérée et charmante,
As, de l'esprit humain, combattu les travers,
A ta raison, traduite en prose étincelante,
A la couleur, au trait, au piquant de ton vers !

A tout ce que contient ton œuvre humanitaire,
Aux masques arrachés du front des imposteurs,
Aux vices fustigés, au conseil salutaire
Qu'elle donne, en riant, pour châtier les mœurs !

A tes créations bouffonnes ou puissantes,
A ton *Elmire*, à ton *Scapin*, à ton *Purgon*,
A ton *Diaphoirus*, à tes *Femmes savantes*,
A ton *Alceste*, à ton *Tartufe*, à ton *Orgon!*

A ce que nôtre scène est par toi devenue,
Au cœur humain scalpé par toi virilement,
Aux vivats, qu'à ton nom, la foule continue
A pousser tous les soirs avec enivrement!

O poète! et tu n'as pas seulement la gloire
D'avoir été, d'un art, presque le créateur;
Nous sommes tes enfants, nous, et notre mémoire
Garde pieusement pour toi celle du cœur!

Grand homme de génie, artiste incontestable,
Tu ne dédaignas pas de te mêler à nous;
Acteur? Oui, tu le fus, et souvent misérable,
Notre sort eut l'honneur de te paraître doux!

Tu fus en même temps le brillant interprète
De ce que ton esprit écrivit ou rima,
Et sans rien séparer de l'acteur, du poète,
Un public en extase et ravi t'acclama.

Et tu vécus ainsi, répandant la lumière;
Corrigeant les abus par tes lazzis vainqueurs.
Le grand Paris t'aimait, la province était fière
Quand tu la visitais avec tes... bâteleurs.

Et tu laissais partout des lambeaux de ta gloire;
Le meuble où tu t'assis est un meuble sacré;
Pézenas a sur toi sa légendaire histoire;
Ton *barbier* s'y conquit un renom assuré.

Les courtisans blessés, *Tartufe* et son cortége,
De tous les faux dévots, stigmatisés par toi,
Se plaignirent; *Louis* te fit offrir un siége,
Le grand poète fut le convive du Roi !

Poète? Oui ! ton génie est à l'abri du doute!

Autour de nous, malgré ce qui tombe, il grandit ;

Mais, le poète prit pour compagnon de route

L'artiste, et, côte à côte, ils firent ce qu'il fit.

Ensemble ils ont lutté. La mauvaise fortune,

Les succès, les revers, les sifflets, les bravos,

De tout ce qu'on ressent quand la vie est commune,

De tout ce qu'on éprouve, ils furent les héros !

Un soir, enfin, *Argan* étant le personnage

Que pour ton dernier jour tu t'étais réservé,

Parvenu de ton œuvre à la dernière page,

Tu mourus en soldat au combat enlevé !

Sur ton noble tréteau tu tombas en athlète

Qui, par sa gloire immense, échappe au coup mortel ;

Ce coup éternisait en toi le grand poète,

Le prêtre du grand art expirait sur l'autel !

Mais ton cadavre avait besoin d'une avanie,

Pour idéaliser ton esprit et ton cœur;

Tartufe le guettait; sa haine inassouvie

D'un terrain consacré lui refusait l'honneur !

O grand comédien ! ô Molière ! ô mon maître !

Toi, dont le buste est là, de nos cœurs entouré,

Poète ! à pareil jour, le ciel te faisait naître,

Et ce beau jour nous est un jour trois fois sacré !

1ᵉʳ Janvier 1877.

Clermont, typ. Mont-Louis.

12